Héméra

ou Respire

Cet ouvrage a été édité avec le soutien de l'association Beaumarchais-SACD

Sophie Maurer

Héméra
ou Respire

KOÏNÈ
EDITIONS

La représentation des pièces de théâtre est soumise à l'autorisation de l'auteure, ou de ses ayants droit.
Avant le début des représentations, une demande d'autorisation devra être déposée auprès de la SACD.

http://edition-koine.fr
ISBN 979-10-94828-27-4

À Liv et Nève
Pour leur père

Personnage

Héméra, *38 ans, qui a accouché quelques heures auparavant.*

Lieu

Un couloir d'hôpital le long duquel court une vitre à mi-hauteur.

I

Le début de la nuit. Héméra, dans un couloir d'hôpital faiblement éclairé, regardant à travers une vitre courant à mi-hauteur.

Te voilà là.
Cette année.
Il a fallu que tu arrives maintenant.
Respire.
Ce n'est pas idiot, tu me diras, il y a eu pire. Il y a cinquante ans, ce n'était pas la joie. Et je ne te parle même pas d'avant, mon petit chat.
Avant si tu savais ce qu'ils ont fait. Si tu savais mon grelot, ce qu'ils faisaient.
Ils me font rire avec Athènes. Les filles dans des paniers, déposées sur le sol avant l'ouverture du marché. Des renards ou des chiens reniflaient la chair neuve. Trois bouchées, c'était fini. C'était il y a longtemps, mais moins longtemps qu'on croit.
Repose-toi mon pigeon, prends le temps qu'il faut.
Si tu savais après, tout était interdit, apprendre il ne fallait pas en parler, même pas en rêver mon écureuil. Lire en cachette, faire semblant de ne rien

savoir, vider ses yeux des phrases et des images. Un regard de génisse, comme ça.
Je te montrerai des tableaux, tu verras. Des femmes qui filent la laine à la chandelle avec ce regard-là. Des femmes au milieu d'un champ, des femmes au coin de l'âtre, à la fenêtre, au salon, alanguies, laborieuses. Des femmes dans des rues et dans des chambres. Je te montrerai leurs yeux. Leurs yeux qui font mine de ne rien comprendre.

Vous exagérez. Tu verras, les mots, le langage, c'est infini. Il y a un mot pour tout et souvent plusieurs qui se battent pour dire la même chose.
Moi, ce que j'ai entendu le plus souvent ce n'est pas bonjour, ni merci, ni je t'aime, c'est vous exagérez.
Vous exagérez les choses s'arrangent.
Vous exagérez ça ne va pas si mal.
Vous exagérez on progresse.
Vous exagérez, Madame.
Celui-là, qui donne du Madame, je le connais par cœur.
Je ne sais pas pourquoi je te parle de ça, mon renardeau.

Moi, tu sais, je voulais être un garçon, j'avais en tête un qui sait se défendre des coups,
des coups bas et des coups qu'on voit venir au loin,

je voulais mes poings d'acier,
des lames dans les poches,
des lames affûtées,
n'hésitant pas,
je voulais mon corps comme un rocher contre les vagues,
les vagues qui n'arrêtaient pas.
Je voulais être le garçon qui n'était pas là, je voulais à sa place me mettre en travers de la route, protéger le corps petit
et mince
et gracile
qui allait encore s'en prendre une, ou dix, ou quinze, on ne sait jamais.
Je voulais être la loi le marteau la prison.
Je voulais être mon propre rempart.
Je croyais qu'être un garçon, c'était obligatoire pour ça.
Ne me regarde pas comme ça, mon castor. Tu n'étais pas encore là.
Je ne savais pas que l'acier, c'est maintenant, que c'est maintenant le combat et mes dents fichées dans ce qui menace.
Je ne savais pas que cette nuit, je deviendrai
la pierre
le rocher
la montagne.

Dors, mon chapiteau.

J'ai vu la guerre, tu sais.
Pas en vrai mais d'assez près quand même, mon père qui courait enfant dans les collines,
qui courait entre les herbes sèches,
qui se recroquevillait sur le sol et attendait,
qui se cachait derrière un arbre et attendait,
qui s'accroupissait derrière un puits et attendait.
Le camion l'a rattrapé, embarqué de force,
de sale corvée.
Il y avait du travail pour les adolescents.
Bien après, il est mort ici. J'étais un bébé à peine plus grand que toi, du coup je ne sais pas si j'ai le droit de dire que je l'ai connu. Il est là quand même, j'ai hérité de ses sourcils. De ses sourcils et de ses poils. Cette histoire m'a ruinée en crèmes dépilatoires et en rasoirs. Je l'ai finalement eue au laser, l'Algérie.
Rien ne repousse, c'est magique.
Je voyage incognito maintenant.
J'ai vu mon frère aussi, mon frère élevé là-bas, il est devenu ninja, un qui égorgeait de la mère de maquisard – pas les gentils, hein, les autres – de ses propres mains – drogué jusqu'à l'os quand même, il ne faut pas exagérer. Quitte à regarder le sang gicler d'une carotide qu'on a soi-même tranchée, si on a le

bon produit pour y déceler
des arabesques,
de l'harmonie,
on aurait tort de s'en priver.
Mon frère, tu verras, on ne croirait pas que dans ses nuits il y a ça, ses mains
qui torturent
qui tuent
qui broient.
Je t'apprendrai à ne plus remarquer son fauteuil. Je t'apprendrai à prononcer paraplégique. Tu poseras toutes les questions que tu veux. Compte sur moi. Tu pourras laisser croire à tes amis que c'est un accident de parapente,
de deltaplane,
tu pourras raconter n'importe quoi. Tu feras comme tu l'entends.
Enfin, la guerre est là, c'est pour dire, elle est dans les livres, les manuels, et elle est aussi juste là, elle est dans l'angle de tes poignets tes mains tes doigts.

Et les autres, ils voudraient que nos yeux ne flambent pas.

Repose-toi mon lama.

Je ne prie pas.
Ce serait le moment pourtant mais moi croire et prier
je ne peux pas.
Je ne croise même pas les doigts.
Je reste nue,
cette chose humaine dans le couloir
suspendue devant toi.

C'est comme les slogans. Je veux bien
courir
casser
lancer des choses destinées à s'enflammer
mais pas crier en chœur.

Je ne devrais peut-être pas commencer par là.
On dit pour les enfants commencez doucement : les animaux.
Ou mieux, les bébés animaux : les poussins, les canetons, les agneaux, les chatons.
Les couleurs aussi : commencez par les primaires, rouge, jaune, bleu, et puis mélangez-les : vert, orange, violet.
Les formes à la rigueur : le rond d'abord, il n'y a qu'un trait, puis le triangle, puis le carré.
Mais moi, je voudrais te dire tout de suite ce qu'il y a à savoir :
ce qu'on a tous laissé arriver,

et plusieurs fois encore,
et chaque fois les mêmes visages
et les mêmes morts.
Et comme le monde va essayer de t'apprendre. Oh, pas de t'apprendre quelque chose, ça, non, mais de t'apprendre tout court, comme on dit « je vais t'apprendre ». Oui, tu vas voir, le monde va essayer. Il va vouloir te lever dès l'aube pour t'épuiser. Il va te faire miroiter des vies insensées, des vies de loisir et de stupidité, il va t'assurer que rien n'égale un cerveau vide sur un transat.
Est-ce que je serai là ? Je serai là, mon girafon.
On le laissera venir patiemment.
On restera en embuscade.
Mais je ne peux pas te jurer qu'on sera toujours de taille.

Personne ne m'entend heureusement. Je me ferais reprendre par la patrouille en moins de deux.
Parlez-lui des fleurs.
Et l'art ? Vous y avez pensé, à l'art ?
Parlez-lui de la musique, de la peinture, de la littérature.
Parlez-lui de la nature, des paysages sublimes.
Des consolations qu'ils prennent pour la joie, ma tourterelle. C'est ça, en fait, dont ils voudraient que je te parle.

Parlez-lui d'amour.
Les sourds !

C'est vent debout ou rien.

Tu sais, ton père il est avec la grande, mais il est là, avec nous. Il est dans ce couloir, il attend comme moi en oiseau frémissant dans la paume, et tout ce qu'il est et tout ce qu'il sait tremble et se fend et disparaît. Je les imagine tous les deux, dans le grand lit où ils se sont blottis, le regard au plafond qui doit voir dans ce couloir plus que ce qu'il y a à voir.
Au-dessus d'eux, quelque chose trépigne,
c'est immense
et ça se tient prêt à fondre sur toi.
Ça traversera les immeubles et les rues en un rien,
ce sera intact en arrivant ici.

On est en pleine ville, tu sais. On n'entend rien parce qu'ici c'est l'endroit de l'attente,
l'endroit où on nous laisse nous concentrer,
où on essaie de décoder,
de guetter vos yeux cryptiques quand ils s'entrouvrent,
mais partout autour, des gens circulent.
Dans cette ville, à toute heure, on peut tomber dans un embouteillage. C'est très réconfortant.

Tu verras, la masse, c'est en même temps insupportable et rassurant.
Dans une des rues de cette ville, il y a notre appartement.
Et dans cet appartement, un lit pour toi.
Tu vois, je mens : je dis que croire je ne peux pas et je ne fais que ça.

Quand on a su pour toi, on a été tellement joyeux que le médecin a cru qu'on avait un garçon. Qu'on était heureux d'avoir du neuf à la maison, le choix du roi, blabla.
Il a demandé : vous avez un garçon ? On a dit : non, une fille.
Il nous a regardés, ahuri.
Il ne comprenait pas.
C'est te dire où on en est,
et aussi où on n'en est pas.

Je ne vais pas te mentir sur l'époque. Ce n'est pas la grande fiesta.
La joie se loge dans des replis, il faut aller la débusquer.
Pour le reste, l'ombre avance et elle est rapide.
Dès qu'on relève les yeux, elle semble avoir gagné du terrain. Elle aime la mort et nous le fait savoir, bruyamment, avec ses mots d'analphabète. Elle est d'une ignorance crasse, comme chaque fois,

l'obscurantisme, d'une crédulité crasse, c'est ainsi qu'on finira par l'avoir, parce qu'on sait et qu'elle, elle ne sait pas.
Mais mon oursonne, c'est comme ça, prépare-toi : tu viens de naître dans un entre-deux-guerres.
Je pourrais te vendre qu'il y a pire, pire que ce pays-là, pire qu'avec ton père pour père, et pire qu'avec moi pour mère. Je pourrais te faire miroiter un quartier agréable, un climat tempéré, des amis drôles, bienveillants, des sorties culturelles de haute volée, de jolis vêtements, des voyages réguliers et de l'amour à ne plus savoir par où respirer.
Je pourrais te promettre un certain confort et essayer de t'attirer comme ça dans nos filets.
Mais la vérité mon petit poisson, c'est que tout ça sent déjà la fin.
Quand je fais du sport, je pense que je m'entraîne, que je me prépare, qu'il me faudra savoir courir vite, avec peut-être ta sœur et toi dans les bras. Ce n'est pas une petite foulée du dimanche, ce n'est pas ce genre-là. Je cours à toute allure, avec l'idée que le plus important peut être à un moment de ne pas pouvoir être rattrapée.

Mais pour voir ça, pour vérifier si j'exagère ou pas, et pour se battre s'il le faut, il faut être là, tu comprends ?

Il faut être ici, maintenant, et respirer sans machine. Même doucement, au début, si tu veux, mais sans machine.

Tu sais, il ne faut pas te sentir flouée, il n'y a pas vraiment d'époque plus escarpée qu'une autre. Enfin si, mais pour finir pas vraiment.
On est simplement plus informés, et on a appris à comparer.
On reconnaît les périls avant qu'ils surviennent.
Le temps de l'inquiétude s'allonge.
C'est la seule différence.
Et puis les livres sont encore là, et dedans tous les secrets, tu verras, tout est là. Les statues saccagées, les tombeaux détruits, dans les livres il y a leur nom, leur empreinte, jusqu'à leurs moindres détails. Ils existent encore, je te les montrerai.
Et si les livres brûlent, qu'importe.
Ce sont les mots qui comptent – une clef USB, un disque dur, un serveur en Scandinavie ou en Asie centrale, des millions de données, indestructibles, et des voix, des voix qui flottent, hors de portée, et qui témoignent.
Il pourrait ne rien rester, tu saurais quand même tout de ce qui a été.

Je ne sais pas si c'est de ça que je dois te parler, mon suricate.
J'imagine qu'on me dirait que non. Que pour les bébés, on déconseille la politique.
Que c'est contre-indiqué.
Mais moi je crois que tu peux savoir, et d'ailleurs que comme tous les nouveau-nés, tu sais déjà.
Heureusement vous oubliez, sinon la vie ne ferait qu'incessamment vous répéter tout ce que vous savez déjà, d'emblée, et ce serait épuisant, toute cette réitération.
Toi aussi tu oublieras et tout ce que je te dis là sera enseveli avec le reste, et tu le découvriras, étonnée, le moment venu.
Cette surprise te rappellera peut-être quelque chose, vaguement, une réminiscence surgie du néant, mais tu n'arriveras jamais à savoir vraiment quoi.

Cette nuit, ses aiguilles sous nos ongles : pour toi, tout s'effacera.

De toute façon, il ne faut pas croire tout ce que je dis. Loin de là.
Il y a des matins où ton père et moi nous nous levons les dents serrées.
Le temps des certitudes est si loin derrière nous.

On ne voit plus que le tremblement des choses, l'extinction animale de masse, le ronron des centrales, l'orgueil infini des civilisations – têtues comme des mules.
On ne voit plus surgir que des esclaves, là où on avait cru que la liberté s'étendrait et recouvrirait tout du miel à peine salé dont elle est faite.
On ne voit plus que le reflux.
On ne sait pas quoi faire de cette colère, qui s'est déjà tant de fois trouvée dans l'impasse – tant de réunions dont l'unique objet était visiblement de s'écouter parler, avec l'énergie effrayante que donne l'ignorance sûre d'elle-même.
On regarde ta sœur et cette colère devient un chagrin qui nous empoigne à deux mains, cette colère nous déchire le ventre.
Nous, c'est une chose.
De justesse, on a connu l'insouciance.
Mais vous ?
Vous, les oiseaux, que peut-on vous promettre ?
C'est vrai, il y a des matins comme ça. Mais il y en a d'autres aussi, tu sais.
La colère est la même mais elle se transforme en une boule de métal bleuie au fer.
On se dit :
basta, le présent.

On regarde les tours s'effondrer en se demandant *what's next?*
La curiosité l'emporte.
On met des musiques industrielles qui actent la fin du siècle dernier et de tout ce qui précède.
Ces matins-là, on pourrait mordre dans n'importe quoi.
On va vérifier dans des musées que cette exaltation a été peinte, sculptée, filmée. On finit toujours par trouver une salle où elle l'a été. Quelqu'un finit toujours par avoir figuré la catastrophe et par savoir quand même quoi dire après.
On se sent moins seuls.
On sait qu'on y arrivera.
Qu'il faut réfléchir, mais pas indéfiniment.
Que la liberté et son miel, c'est ici et maintenant.
On regarde ta sœur et la colère se déchire sous ses doigts. Il n'y a plus d'espace que pour la joie, une joie sauvage, première. Ta sœur sourit et on fait une ronde – cette ronde où on t'attend, maintenant.
Le monde ne fait pas le poids.

Tu vois le tableau, mon coquelicot?
Je ne te promets pas une extrême cohérence du tout mais il se passera des choses.
Tu seras atterrée, peut-être lassée – ces vociférations,

ces enthousiasmes – mais tu ne t'ennuieras pas.
Tu seras dans le flux, celui qui contre le reflux.

C'est le flux qui se bat.
Et là, tout de suite, c'est la même chose, tu m'entends ?
Ces tuyaux mon amour, ces produits dans ton bras,
c'est le reflux, rien que ça.
Le flux, c'est toi.
Rien n'est encore décidé, mon papillon.
Rien. Pas l'once de quoi que ce soit.

Tu n'as pas encore crié.
Quand tu respireras seule,
parce que tu vas respirer seule ma grenouille,
tu pourras crier.
Tu pourras crier tant que tu voudras.
On s'étonne que vous criiez, que vous pleuriez.
Même ici.
J'ai entendu une aide-soignante râler sur la mère de la chambre d'à côté – « qu'est-ce qu'il a, votre bébé ? ».
Voyons voir : il est né, tout sent le désinfectant et les médicaments, le bruit métallique des chariots l'assaille, il nageait il y a encore quelques heures dans un bain tiède juste à sa taille, il comprend immédiatement que c'est terminé à jamais, et il faudrait qu'il se taise ?

Cette aspiration universelle au consentement, je ne sais pas d'où ça nous vient.
Il y a des chercheurs tu sais qui ont travaillé le sujet, ils ont montré qu'on préférait toujours répondre oui que non, quelle que soit la question.
Difficile après de s'étonner du résultat.

J'ai découvert aussi qu'aux États-Unis, des pédiatres renommés, titulaires de doctorats en pagaille, ont déterré une tradition – ancestrale paraît-il, comme tout un tas de pratiques imbéciles – consistant à vous langer serré, serré.
C'est devenu très conseillé. C'est censé vous rappeler le ventre.
Moi, ça m'évoque surtout la camisole.
Il paraît que vous dormez mieux.
Tu me diras, serrés comme ça, à ne pas pouvoir bouger ne serait-ce qu'un doigt, mieux vaut dormir, effectivement.
Jouer profil bas jusqu'à ce que quelqu'un reprenne ses esprits et vous sorte de là.

Tout est fait pour vous faire taire – les livres se vendent par dizaines de milliers d'exemplaires, on invente des lits branchés sur secteur qui vous bercent lorsqu'on appuie sur un interrupteur, des peluches

avec une boîte à rythme à l'intérieur, supposée imiter le bruit d'un cœur, on convoque des experts.
Et moi, là, je n'attends qu'une seule chose,
c'est d'entendre ton cri
à toi,
et que ce cri ne s'arrête pas, aussi longtemps que tu le voudras.
Qu'il résonne et terrasse tout ce qu'il croisera.

Quant à dormir,
tu verras ce que tu en penses.
Ça a ses délices et ses inconvénients.
Et la nuit est souvent intéressante.
Chez nous, il y a toujours un ivrogne pour prononcer une sentence sous le balcon vers 2 ou 3 heures du matin, quand les bars ferment ou se lassent de sa présence. Parfois ce qu'il dit n'a aucun sens, et parfois tout s'y trouve résumé.
Tout, tu imagines ?
Ça vaut la peine de veiller !
Et puis en ville, la nuit, les lueurs des phares transpercent les volets et dessinent des messages au plafond, des messages qu'on ne peut découvrir qu'à ces heures, qui nous révèlent un accord caché.
Car il y a un accord caché, mon orchidée.
Sous la surface des choses, il y a un accord caché.

Je te dis ça mais tu le sais. Les bébés le connaissent par cœur, et même les enfants savent le décoder. Ils regardent un brin d'herbe, longuement, puis le ciel, ou un insecte – et ils savent, pour l'accord caché.
Après, ça s'oublie, et on s'épuise à le chercher, à mettre des mots dessus, à défaut de la main.
Certains oublient suffisamment pour passer à autre chose – de beaucoup moins intéressant, généralement – et d'autres y passent une vie.
Quand ils croient percevoir un éclat de cet accord, une harmonie même passagère de tout ce qui existe, ils quittent le commun des mortels – et alors là, gare à eux.
S'ils ne sont pas poètes ou pianistes, gare à eux – ceux-là, ne me demande pas pourquoi, on les laisse faire.
Mais toi, toi tu as toute l'enfance devant toi pour ces prodiges, toute l'enfance pour nager au milieu des accords cachés.
Et toute la vie pour refuser qu'on leur donne le nom d'une fable.

Ah oui, parce que je ne t'ai pas dit, mais on n'est pas très portés sur les fables à la maison.
Les dieux nous fatiguent et on en prendrait bien un pour taper sur l'autre,

s'ils existaient.
La mort nous effraie.
Mais la fiction n'y peut rien.

Une lumière s'allume, s'éteint puis se rallume.

On m'appelle mon lapin, je reviens.

Il me dit : je viens de vérifier les constantes.
Il fait la moue.
Et puis : on ne pourra rien vous dire avant plusieurs heures. Vous devriez aller vous reposer.
On dirait des phrases extraites d'un manuel.
Douze ans d'études
et toujours incapable de jouer son texte correctement.

Ce n'est rien ma mandarine. Ils ne savent rien de plus.
Je reste là. Je suis là. Je ne bouge pas.
Je n'ai pas le droit d'entrer, je dois rester derrière cette vitre mais je suis là.
J'aimerais, si tu savais / si tu savais, te prendre dans mes bras, te blottir au creux de mon cou, te caresser doucement la tête, te chuchoter des mots doux, des mots aux syllabes redoublées, te bégayer des choses de bébé et te souffler sur les cils, embrasser tes mains,

tes mains minuscules, les tenir dans la mienne, les deux mains dans une seule main.
Avec les mots, c'est difficile.
C'est quoi, la douceur ?
Tu vois un mouton ?
Bien sûr que tu vois.
Prends le plus petit mouton que tu puisses imaginer, serre-le contre toi, respire son souffle de plus petit mouton qu'on puisse imaginer, soulève son museau, et passe deux doigts – deux, pas plus – juste là, très lentement.
Ce n'est pas suffisant.
Je suis avec toi. Ma peau est contre la tienne. J'ai des ailes jaunes et j'en enroule une autour de toi. Seuls tes yeux dépassent des plumes. Tu as chaud mais pas trop. Je te souris, tu me souris. Tout va bien.
Je fais jouer très doucement mon aile pour te chatouiller un peu. Tu essaies de sortir ton nez des plumes mais de mon autre aile je te rabats au chaud. Tu sortiras mais pas maintenant, c'est trop tôt.
Ton père arrive et c'est un ours polaire. Perdu en pleine forêt ! Il forme un berceau de ses grosses pattes, me tient un discours extravagant pour me convaincre de la supériorité de la fourrure sur les plumes, du confort infini qui sera le tien si je t'y dépose. Tu te blottis dans les longs poils blancs et

t'endors aussitôt, un sourire émerveillé aux lèvres.
Tes poumons montent,
descendent.
Ils apprennent.
Ta sœur est une renarde,
qui du bout de sa longue queue vient couvrir
ton front.
Elle te chuchote : viendrais-tu jouer avec moi ? Et puis elle comprend que tu n'es pas prête encore, alors elle te chante à l'oreille une chanson que nous n'entendons pas
mais que toi
tu perçois.
Ton poing bat la mesure dans ton sommeil.
Le soleil perce à travers la charmille et nous enveloppe.
Des chants d'oiseaux s'élèvent de la canopée. Nous ne les voyons pas mais nous les devinons
multicolores, spectaculaires.
De l'eau jaillit non loin de là, d'une source tout juste apparue. Elle te parle de choses
qui resteront entre elle et toi.
Tu ouvres les yeux et prête l'oreille.
Cette langue des clapotis
et des courants
t'est familière, tu te la rappelles comme si c'était hier.

Parce que c'était hier.
Autour de nous, d'autres animaux s'approchent, tendres, respectueux. Nous les connaissons depuis longtemps.
Ils sont le sel de la terre.
Silencieux, ils ont le regard rivé sur toi.
Et avec nous, ils t'entourent,
et avec nous, ils attendent.

* * *

II

Le milieu de la nuit. Héméra, dans un couloir faiblement éclairé.

Il dit : ça n'évolue pas bien.
Il dit : on ne peut encore rien dire de définitif à ce stade mais.
Il dit : il faudra que nous parlions demain matin, quand votre mari sera là.
Je pense : on n'est pas mariés. Le cerveau est un vrai tordu.
Il dit : allez vous reposer, vous venez d'accoucher, votre organisme est épuisé.
Je réponds : je ne t'entends pas, je ne te vois pas, tu n'existes pas, tais-toi.
Il part à reculons.

À nous maintenant.

Tu ne connais pas mon nom. Touche à cette enfant et je ferai advenir le jour. Il fera jour à jamais. Tu n'auras plus aucun endroit où te sentir chez toi. Tu ne me crois pas ? Il y a douze heures encore, elle vivait dans mon ventre. Elle en est sortie mais c'est comme si elle y était encore. Approche.

Approche ! Viens, je te dis, puisque tu ne sais faire que ça ! Venir et prendre. Viens, si tu l'oses et on va discuter toutes les deux. On va discuter du genre de salope qu'il faut être pour empêcher une enfant de respirer. On s'est déjà croisées, tu ne me reconnais pas avec tes yeux d'amibe mais on se connaît en fait.

Je t'ai même crue rassurante, une fois,
oh une seule fois mais une seule fois suffit,
je suis venue à ta rencontre les bras ouverts, mon sourire de petite fille figé pour te plaire, ma fatigue dépassait tout ce qu'on peut imaginer.
Ça te revient ?
Tu m'as ignorée. J'étais déçue.
Je ne savais pas que tu n'aimes guère être désirée.
Ce qui t'amuse c'est le guet-apens.
Le corps noyé par la vague, le corps qui dévisse sur une paroi, le corps fauché à pleine vitesse. Tu sais prendre ton temps aussi – abîmer et meurtrir jusqu'à te transformer en mirage :
je suis le soulagement.
Et ton régal absolu, ta friandise :
ces corps-là, à peine apparus.

Tu as tout oublié mais tu t'es ravisée, évidemment,
un enfant ça ne se refuse pas.
Tu es venue me chercher plusieurs fois.
Tu sais quoi ? Mes dents plantées sur ton visage, elles sont encore là, tu vois !
Prêtes à resservir. Approche !

Viens, viens à côté de moi, regarde, regarde ! Tu la vois ? Tu vois sa taille ? Regarde un auriculaire, regarde le pavillon de l'oreille, regarde les cils et dis-moi : qu'est-ce que tu fais là ?

De quelle couleur serait ta victoire, au juste ?

Je sais des secrets. Écoute ce que je te dis ! Regarde les enluminures médiévales. Tu vois le dragon qui se cache, la tête enfouie dans la terre ? Pourquoi se cache-t-il ? Qui lui fait peur ?
Personne,
hormis le léopard.

Le léopard qui peut sauter sans élan, qui n'a pas besoin d'anticiper, ni d'être prévenu de quoi que ce soit. Le léopard qui sait hisser une carcasse de 150 kg à six mètres de haut. Personne ne peut l'en empêcher.

Les lions sont des simples d'esprit, qui finissent coincés dans les grottes à double entrée des léopards. Entre par celle-ci, et je t'achèverai par celle-là.

Sois attentive, je te dis, il y a un léopard qui rôde dans ce couloir. J'ai tout appris dans la savane. Oublie les médecins, l'hôpital, retrouve-moi près du lac, on réglera ça en face-à-face. Je te laisserai déchiquetée, les vautours seront surpris, ce sera la première fois.

Tu voudrais que j'aie peur ? J'ai peur. Mais regarde mes griffes et ma mâchoire. Tous les animaux se taisent. Ils savent. Sois raisonnable.

Parce que tu vois ce qui me guette si tu l'emportes,
ce n'est pas la folie, la folie ça ne sait plus,
ça vole au-dessus des nids,
ça a oublié depuis longtemps
et quand ça se rappelle ça ne se souvient plus si c'est vrai.
Mais moi pour la folie la vraie c'est trop tard, tout le monde le dit,
la folie c'est avant 35 ans,
je suis foutue pour le dérapage à l'infini sur des pentes qui n'existent pas,
foutue pour les insectes indigo au plafond,

foutue pour les voix.
Je n'entendrai rien hormis la tienne, et ton ricanement permanent.

Ce qui me guette tu vois c'est le chagrin sans fin,
sans repentir et sans remords,
le chagrin blanc,
impitoyable,
de ceux qui ne cherchent aucun sens à ce qui les terrasse.
C'est le deuil impossible et ne jamais pouvoir me remettre debout.
Ce qui me guette c'est de me promener sur son visage la vie entière,
en larmes et à genoux,
c'est de ramper pour essayer d'atteindre une de ses mains,
et de ne jamais y arriver.
et sans cesse des tessons et leur tintement dans la poitrine.
C'est de ne plus pouvoir aimer,
rien ni personne.

Et ça, ma vieille, j'aime autant te le dire :
il n'en est pas question.

Je saute mon tour pour les alvéoles. Je ne passerai pas le temps qu'il me reste à essayer d'y faire entrer le monde entier. J'ai trop vu déjà de gens perdus dans cette ruche impossible, à s'ensanglanter le front sur une vitre sans tain. Ce qui n'a pas de sens n'en aura pas plus demain. Je ne te ferai pas l'aumône de la moindre question.

Et surtout ne va pas croire à ta séduction. Ce sont des histoires que s'échangent des adolescents désœuvrés et des vieillards lubriques. Ils te trouvent un goût de soufre, te parent de rouge, de blanc laiteux, de noir. C'est d'une ringardise qui dépasse l'entendement. Ils t'imaginent vêtue de cuir et de dentelle, pâle et vénéneuse comme une héroïne de téléfilm. Beaucoup te trouvent impressionnante.

Mais je vais te dire, ce qui est impressionnant, vraiment impressionnant, c'est sur l'autre rive que ça se passe. Ça oui c'est une tâche qui fout les jetons, savoir quoi faire des années, ne pas fermer les yeux en cours de route, ne pas se détourner de l'horizon, y compris quand tu t'allonges au milieu du chemin, quelqu'un qu'on aime dans les bras, mimant la détresse du voyageur en perdition pour qu'on s'arrête. Poursuivre, ça oui, c'est quelque chose. Mais toi : regarde-toi ! Le métal et le sang, le désespoir dans son plus bel apparat, le silence, l'illusion de la paix, range ta camelote. Tu ne seras jamais à la hauteur, même du premier matin venu.

Dégage !
Dégage, tu m'entends !

Elle reste avec moi. Recule !

De nouveau vers la vitre courant à mi-hauteur.

Mon grenat, mon tigron, écoute-moi. Le médecin ment. Il dit : ça n'évolue pas bien. Il dit : on ne peut encore rien dire de définitif à ce stade mais. Rien de définitif à ce stade. On ne va croire que ce bout-là. Toi et moi, maintenant, on va se concentrer là-dessus. Rien de définitif. Tu vas prendre tout le courage cumulé des siècles passés, celui de tous les hommes
qui n'ont pas fléchi,
de toutes les femmes
qui n'ont pas flanché,
et celui de tous ceux qui ont fléchi ou flanché mais qui ont quand même continué,
tu vas prendre ce qu'ils ont eu à affronter et qu'ils ont affronté,

tu vas prendre leurs mains
et les suivre.

Glisse-toi près d'eux. Tu es si petite, personne ne te remarquera. Sauf une femme, probablement, qui te prendra dans ses bras pour que tu avances avec eux. Ne te laisse pas désemparer par ce vers quoi vous avancerez. Ce sera noir
et tourbillonnant,
le bruit sera peut-être assourdissant.
Ou bien ce sera blanc,
d'un silence inquiétant.
Ou des cris retentiront, tenteront de vous dissuader d'avancer. Vous croiserez des foules courant en sens inverse, prêtes à vous piétiner.
Ce sera plus effrayant que tout ce qui m'a un jour effrayé.
Je te confie à eux, au courage qu'il leur aura fallu pour vivre en dépit de ce qui menaçait. Je ne sais pas moi ce qu'il faut, il faut des gens qui aient eu à se battre vraiment, des gens dont peut-être les poumons ne voulaient rien entendre,
eux non plus.
Mon tout petit bébé, mon amour, ma luciole, suis-les. Au bout du chemin, le ciel se déchirera, les cris cesseront et la poussière retombera. Tout commencera, et je serai là.

Je veux te dire aussi : certains matériaux, je m'étais renseignée à une époque, le diamant tout le monde le sait, mais le topaze aussi, et le corindon, quasiment rien ne peut les rayer.
8, 9, 10 sur l'échelle de Mohs.
Tu sais le secret des yeux, mon marcassin ?
Ils sont en ce que tu veux.

Sous la neige, tu décides. Des lacs rouges, gelés, si tu veux. Sous l'océan, des animaux éteints, des grizzlis mexicains, des tigres de Java,
s'ébrouant loin des hommes.
Et c'est partout pareil. Nous sommes les seuls dieux, mon cabri. Des dieux à grandes oreilles, qui entendent l'arrière-chant et déterrent à mains nues
ce qui se tapit sous la surface.
Crois-moi mon hérisson, en-dessous, c'est beau et grave,
tout s'immobilise.
Il faut que tu puisses voir ça.

Je pense à cette chanson. Une vieille chanson qui commence comme ça : « une chanson douce »… Les vraies paroles, ensuite, ce sont « que me chantait ma maman » mais je n'ai jamais réussi à la chanter comme ça à ta sœur alors je lui chante « que l'on me

chantait enfant ». Ce n'est pas vrai non plus mais ça m'évite de prononcer « ma maman ». J'ai arrêté de dire ces mots en maternelle, je disais « ma mère », les institutrices trouvaient ça louche, mais pas assez louche pour s'interroger davantage. J'ai compris tout de suite que le mieux que j'avais à faire était de dire « ma mère ». C'est la première chose qu'on t'enseigne à la boxe. Savoir te mettre à la bonne distance. Mais là, maintenant, cette nuit, cette nuit où tu es mon tout petit enfant, j'espère avoir l'honneur d'être non seulement ta mère, mais aussi – allez, ma bouche qui ne sait pas prononcer ce mot-là,
ta maman,
et de t'envelopper de toute la tendresse, et de toutes les phrases pénibles, et de tous les gestes aimants auxquels on reconnaît les humains
de cette espèce.

J'aimerais que ton père soit là. Il te dirait : ne l'écoute pas, elle divague. Et puis il me sourirait. Il me promettrait ce que personne ne peut me promettre. Il me dirait ton prénom, mon arbrisseau, il y mettrait une intonation gaie, il repousserait la menace. On grelotterait ensemble, et lui autant que moi, mais ses mots en diraient toujours moins que les miens.
Son silence nous sauverait.

Fais de tout ça ce que tu peux.

Mais imagine les premières fois : le premier mot, tu choisiras quoi ?
À moins qu'il n'y ait pas de premier mot. Seulement un jour où le langage vous rapte.
Imagine ce rapt, le jour où les mots t'enlèvent, le jour prodigieux
où les mots t'enlèvent.

Et le premier pas, vraiment debout un pied devant l'autre, enfin pas tout à fait devant l'autre sinon c'est la gamelle assurée, mais un pied en avant et un peu décalé, et le deuxième qui suit, et là l'espace autour de toi
qui recule.
Tu peux tout semer, des lieux, des gens, des événements, des rêves qui n'en valaient pas la peine, des obligations. En mettant juste un pied devant l'autre. Enfin, pas tout à fait devant, mais un pied en avant et un peu décalé. Je suis bête de te l'expliquer, vous savez faire ça à la naissance. Les médecins vous tiennent les mains et vous avancez. Si je pouvais te tenir les mains, là, tout de suite, tu saurais marcher. Depuis la préhistoire, c'est inscrit quelque part à l'intérieur de chaque bébé.
Oh, regarde le feu là-bas.
C'est loin, je vais rester dans la grotte.

Mais non, ça a l'air intéressant, allez, viens.
OK, OK.

Et le premier livre. L'objet lui-même aura peut-être disparu, mais enfin le premier texte. Les premières phrases écrites par un inconnu, mort depuis des siècles si ça se trouve, qui te murmure quelque chose qui bouleverse ton monde, le retourne, le triture, et puis te le rend, plus beau, plus compliqué et plus scintillant que lorsqu'il te l'avait pris. Pour rien. Pour la beauté du geste. Et parce qu'il ne pouvait pas faire autrement.

Et le premier baiser. Pas les miens, les miens ce sont des baisers de mère, ça compte comme une prolongation de toi – être un enfant c'est recevoir des baisers de sa mère, sinon quoi ?
Non le premier baiser que toi tu donneras à quelqu'un qui ne partagera aucun gène avec toi – enfin, aucun, tu me comprends. Le premier baiser qui signifiera :
je veux te connaître.
Parmi toutes les personnes présentes sur cette planète, c'est toi que je veux connaître.
Ce baiser-là.

Et la première musique. Le violoncelle la première fois. Toutes les douleurs depuis l'invention du

monde dans trois mesures, et leur antidote dans les trois suivantes. Avec quatre cordes,
et pas une de plus.

Le premier amour nocturne. La première peau à laquelle tu choisiras de fondre la tienne dans l'ombre d'une chambre. L'accord secret soudainement partagé.
L'éblouissement
et la paix.

Le premier combat. Contre des périls qu'ici je ne peux même pas me figurer. La première révolte, qui t'aiguisera comme on le fait sur des galets
de ces lames japonaises
fragiles comme du cristal
mais capables de tout trancher
– viande, gorge, corde, selon ce que la situation exige.

Et le premier voyage. Le voyage qui laissera sur ta peau la sensation d'avoir changé de texture – ces bibliothèques dans le désert,
aperçues de justesse avant l'incendie.
Ces fjords et ces forêts où résonnent les balles échouées de chasseurs ayant trop bu, croyant viser un ours
et tombant sur un sapin.

Ces skateurs du Pacifique-Nord, toute la nostalgie d'un monde disparu,
le monde forclos de la confiance,
dans le chuintement de leurs planches.

Et toi dans tout ça, toi couverte d'un tissu bleu dans le désert, chassant le sable de tes joues et apprenant à boire le thé brûlant. Toi emmitouflée, longeant silencieusement les forêts des chasseurs pintés, tes pas s'imprimant dans la neige et, aussitôt, s'effaçant. Toi sur la plage de Santa Monica, coiffée d'un chapeau vertigineux, plissant les yeux face au soleil.

Toi attendant quelqu'un.

Et encore tout ce que j'ignore, tout ce que je n'imagine pas, tout ce qui n'existe pas encore.

Et peut-être le premier enfant. Peut-être le premier et le suivant.

Toi dans l'amour immense. L'amour des jours qui passent et ne désolent pas mais creusent, creusent plus profondément, jour après jour avec les ongles, dans ce que c'est que d'aimer, dans cette folie d'aimer, dans ce que ça ouvre, promet, permet, donne et offre encore, quand tout ailleurs semble épuisé.

* * *

III

À l'aube, Héméra, dans le même couloir:

Regarde mon bébé lynx, le jour se lève. Toutes les promesses sont avec lui,
l'horizon s'agrandit.
Ouvre les yeux, si tu peux, tu n'as pas encore vu le jour. Les néons du bloc, les éclairages blafards de ces couloirs, ça ne compte pas. Le jour est là dehors qui nous attend. Il est patient, ne t'inquiète pas. Il reviendra matin après matin, jusqu'à ce que tu le voies.

À la lumière du jour, tu découvriras tout ce qui existe, l'infinie densité de tout ce qui existe. Je te collerai à moi et on ira marcher au bord du fleuve, je te laisserai l'écouter, je me tairai, pour une fois. Tu pourras lui confier ton histoire, et le laisser l'emporter jusqu'à la mer.

Dans vingt ou trente ans, une vague la redéposera sur le rivage. Quelqu'un la ramassera,
peut-être que ce sera toi,
la regardera avec tendresse et soulagement, et puis la

rejettera à l'eau. Elle repartira,
et cette fois à jamais.

Sur les quais, je te montrerai tout ce qu'il est possible de faire à deux mains. La statue de fauve à la feuille d'or, le métal ouvragé du pont, les bateaux, les pavés. J'essaierai de t'épater.

Le vent se lèvera. Tes cheveux commenceront à voleter, et nous rentrerons à la maison. Ton père et ta sœur seront déjà là. Le camp sera
au complet.
Tout nous semblera durable et évident, à l'épreuve des démentis.

Chaque jour, ta route se dégagera de tout ce qui l'encombre et la dissimule. Quelques années passeront et un jour elle sera là, entièrement découverte devant toi, avec ses courbes, ses lignes droites, ses épingles. Si tu parviens à la suivre, si tu produis cet effort surhumain, si rien ne parvient à t'engager de force sur une bretelle dont tu ne veux rien savoir, tu découvriras qu'à son extrémité, au loin, on ne distingue ni un mur, ni une frontière, ni même un point d'arrivée.
À son extrémité, il y a un pont.
Un pont, mon oisillon.

Il mène à la suite de la route, qui en fait
ne s'arrête pas là.
Il est difficile à traverser. C'est comme se battre soi-même.

Je ne le savais pas, mais pour moi ce pont c'est toi.
Viens mon cœur, il fait jour, ne restons pas là.

Une lumière très vive s'allume.

Elle dit : le médecin va venir vous parler tout à l'heure.
Elle demande : quand votre mari va-t-il arriver ?
On n'est pas mariés !
Elle demande encore : avez-vous dormi un peu ?
Elle me regarde, avec compassion et ce soulagement infime de ne pas être à ma place.
Je ne réponds rien.
Elle repart en soupirant.
La pauvre.

Mon panda, ton père va bientôt arriver. On pourrait lui faire une surprise, tu ne crois pas ? Allez, je t'en supplie, mon amour, mon chat, l'air est là, tu vois, il est partout autour de nous. Il suffit de l'accueillir. Tes poumons maintenant, tu les ouvres, tu m'entends ? On n'est pas faits pour la vie aquatique. Je ne te donnerai pas d'ordres, les parents qui font les contremaîtres, les chefs de rayon, merci bien, ce sera la seule fois, je te le jure : respire. Après tu feras ce que tu voudras.

Oublie tout ce que je t'ai dit, la route et le reste, je ne dis que des âneries. On s'en fout. Tu prendras quatorze routes à la fois si ça te chante, tu te perdras autant de fois que tu voudras, tu feras demi-tour sur la ligne blanche, et tu zigzagueras comme un chauffard récidiviste, n'importe quoi – comme nous tous. Tu pourras chanter faux, jeter des objets par la fenêtre, partir en Papouasie t'essayer à je-ne-sais-quoi. Tu pourras tout rater si c'est ce qui te tente. Et le plus important, mon caracal, tu pourras
ne rien faire,
ou faire tout à la fois,
tu pourras goûter à l'inachèvement, au charme
de ne rien terminer,
et de laisser
l'écoulement des jours décider.

Tout sera là, et tout t'attend déjà. Des voix que tu n'imagines pas, ce sont des femmes, des hommes mais c'est le cri d'un animal qui n'a jamais existé, ou du sous-sol de la terre. Elles ne chantent que pour les enfants qui hésitent encore. Les entends-tu ?

Elles t'appellent et dans le chœur à l'arrière il y a ton père, il y a ta sœur, il y a des gens que tu ne connais pas. Personne ne s'agenouille.

Chacun se tient raide, droit, le vent de face et sans ciller. Sans ciller
pour l'instant.

Héméra se détourne de la vitre et s'affaisse sur le sol.

Il y a encore des forêts. De l'ombre et des recoins.
Dépêche-toi.
Ton monde fera neuf fois la taille du monde, je te le promets.

Une alarme médicale retentit. Héméra regarde en tous sens autour d'elle, paniquée. L'alarme cesse et Héméra se recroqueville. Lorsqu'elle relève le visage, elle semble hébétée.

Il dit : votre fille est une vraie lionne.
Je dis : un léopardeau, avec une grotte à double entrée. Mais bien se battre ça ne suffit pas.
Il dit : Madame, relevez-vous.

Je pense : c'est dans votre manuel, ça ? Toujours faire vos annonces aux parents debout ?
Et puis je crie : qu'est-ce qui se passe ? Dites-moi ce qui se passe !
Il sourit : votre bébé.
Je ne comprends pas.
Il dit : ses tuyaux.
Je ne comprends pas.
Il dit : elle respire.
Je ne comprends pas.
Il s'agace : votre bébé respire, Madame.
Elle y est arrivée.

Héméra se lève, chancelante, et se colle à la vitre.

Il dit : ce n'est pas votre mari que je vois là-bas ?

On n'est pas mariés.

L'infirmière, celle qui toute la nuit était de l'autre côté, est belle comme le jour. Je ne l'avais pas remarqué avant.

Elle dit : vous voulez venir la voir ? Je pense qu'elle vous attend.

* * *

De la même auteure

Romans

Asthmes
Seuil, 2007, collection Fiction & Cie.

Les Indécidables
Seuil, 2013, collection Fiction & Cie.

L'Apocalypse est notre chance
(avec Sylvie Coquart, sous le pseudonyme d'Ava Fortel)
Rivages, 2019, collection Rivages/Noir.

Poésie

Le dernier enfant
Éditions de Corlevour, 2017, *Nunc* n° 43.

Évidemment (éventuel)
Filipson Éditions (Bruxelles), 2010, *Pylône* n° 7.

Chez le même éditeur

Marie-Pierre Cattino
Les larmes de Clytemnestre Les flèches perdues
La vallée aux pommes
Ce quelque chose que je suis suivi de ***To be or not...***
Top-modèle dans les airs

Lucie Depauw
Dancefloor Memories
lili / HEINER intra-muros
Paris / Dakar le grand voyage de petit Mouss

Yan Allegret
Le Kojiki – demande à ceux qui dorment

Sonia Ristíc
L'amour c'est comme les pommes

Aurore Jacob
Enquête sur une évaporation avant oubli
Souviens-toi des larmes de Colchide

Noémie Fargier
Cette présence juste derrière moi
Une recrue

Benoît Fourchard
Rewind, provisoirement

Joachim Latarjet
La petite fille aux allumettes

Sarah Pèpe
Les roses blanches

Gwendoline Soublin
Coca Life Martin 33 cl

Nina Chataignier
Tangente

Sabine Revillet
Les Lunatiques

Marjorie Fabre
Revanche

Catherine Benhamou
Romance

Véronique Viel
Ma Palme d'Or

Christelle Saez
Cœur Sacré

Tamara Al Saadi
Place

Léa Girardet
Le syndrome du banc de touche

Camille Davin
Si près des profondeurs

Kelly Rivière
An Irish Story Une histoire irlandaise

Anne-Christine Tinel
Fartlek

Rebecca Vaissermann
Salle de traite

Adrien Michaux
Brûle Narcisse (mon destin sans nuage)

Astrid Bayiha
Je suis bizarre

Damien Dutrait
Comment j'ai mangé mon cœur

Tamara Al Saadi
Brûl·é·es

Collectif

Claire Barrabes, Marie-Pierre Cattino, Aline César, Christelle Evita, Aurore Jacob, Sonia Ristić et Gwendoline Soublin
quelque chose de l'enfance...

Marie-Pierre Cattino et Émilie Leconte
J'aime l'été, la maîtresse et les hot-dogs

Claire Barrabes, Marie-Pierre Cattino, Sabine Revillet et Sarah Pèpe.
Embras(S)er la nuit

Marie-Pierre Cattino et Christian Bach
Le frère de Léa / Leas Bruder
Publication bilingue
Traduction en allemand de Nicole Desjardins et Wolfgang Barth

Dépôt légal : juillet 2020
N° d'impression : 166854
Imprimé en France
par Corlet Numéric, Z.A. Charles Tellier
14110 Condé-en-Normandie